D1406121

Mi amiga Berta

Berta hace galletas

Una historia de **Liane Schneider**
con ilustraciones de **Annette Steinhauer**

Traducción y adaptación
de Teresa Clavel y
Ediciones Salamandra

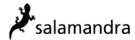
salamandra

Hace muchos días que Berta le pide a su mamá que hagan juntas galletas. Pero ella nunca tiene tiempo. «Mañana, te lo prometo», le dice siempre. La verdad es que está muy ocupada: un día tiene que llevar a su hermanito al pediatra, otro tiene que limpiar la casa, o ir a comprar...

Y hoy tampoco podrá ser, porque Max está durmiendo la siesta, mamá quiere aprovechar para tumbarse un rato, y Berta también debería dormir un poco, porque ayer estuvo con fiebre.

Pero Berta no tiene sueño, y decide que puede arreglárselas ella sola.

—¡Venga, *Miau*, arriba! Vamos a la cocina.

El gato la mira de reojo: ya estaba hecho un ovillo, listo para dormir, pero Berta lo hace bajar de la cama.

Berta ha tardado un rato en encontrar su libro de recetas. Estaba guardado en el fondo de un cajón.

Entonces busca la receta de sus galletas preferidas. ¡Ah, aquí está! Vamos a ver... ¡Vaya, ahora *Miau* sí que parece muy interesado!

En el libro hay una lista con todos los ingredientes: harina, azúcar, dos sobres de azúcar vainillado, azúcar glaseado, huevos, mantequilla y fideos de chocolate para decorar.

En el frigorífico, Berta encuentra la mantequilla, los huevos y los fideos de chocolate multicolores. Los saca y los pone encima de la mesa. Bueno, ahora hace falta harina, azúcar, el azúcar vainillado y el azúcar glaseado. Mamá debe de guardarlos en uno de los armarios de arriba. Como están muy altos, Berta tiene que subirse a una silla. Veamos... ¿esto es todo lo que necesita? Perfecto. Berta baja de la silla con un paquete en cada mano, pero...

¡Ay, ay, ay! Al bajar de la silla, Berta tropieza con el canto de la mesa. No se hace daño, pero uno de los huevos rueda hasta el borde y... ¡pataplaf!, ¡se estrella contra el suelo! *Miau* aprovecha para probarlo, y no le gusta. Entonces Berta se apresura a limpiarlo. Si mamá ve esto, le caerá una buena regañina... Por suerte, en la nevera hay más huevos. ¡Menos mal!, podrá hacer las galletas a pesar de este accidente.

¿Dónde habrá escondido mamá los moldes de formas divertidas? Berta busca por todas partes. Abre un armario de abajo y en ese momento mamá entra en la cocina seguida de Max.
—Berta, ¿qué estás haciendo? —dice mamá.

Berta está tan concentrada que no la ha oído llegar. Ha sacado todas las cazuelas, las sartenes y las ollas, y las ha dejado en el suelo. Luego tendrá que ordenar todo eso, pero, por el momento, sigue buscando en el fondo del armario. ¿Dónde estarán esos moldes?
—Berta —repite mamá—.Te he preguntado qué haces.
—Ah, estás aquí —dice Berta—. Pues...

A mamá no le hace mucha gracia que Berta haya puesto patas arriba la cocina.

—Como tú no tenías tiempo, he decidido hacer galletas sola... ¡Era una sorpresa! —dice Berta.

—Deberías haberme esperado. En fin, ya que has empezado, te ayudaré. Espera sólo un minuto, que voy a cambiar a tu hermano. Mientras tanto, pesa la harina.

¿Dónde está la balanza? ¡Ah, mírala, está ahí encima! ¿Y cómo hay que usarla? No debe de ser muy difícil. Berta empieza a echar harina y se le cae por toda la mesa. Pero ¿cuánta hay que poner? Veamos lo que dice el libro de recetas. Ah, aquí está: hacen falta 250 gramos. En la balanza hay un poco más, así que Berta coge una cuchara y va sacando harina hasta que la balanza marca la cantidad correcta.

—Bueno, ¿cómo va? —pregunta
mamá cuando vuelve con Max—.
¿Has pesado bien la harina?
—¡Sí, 250 gramos exactos!
—responde Berta, orgullosa.
—Pues ahora vas a cascar
los huevos y mezclarlos
con el azúcar y el
azúcar vainillado.
A Berta le cuesta
romper el huevo.
¡Qué raro, con lo
fácilmente que
se ha roto el que
ha caído al suelo!

—Después, añadirás poco a poco la harina y luego la mantequilla en trocitos. Por cierto, Berta, ¿cómo habrías hecho las galletas si yo no hubiera venido? Sabes que no puedes tocar la cocina, ¡es muy peligroso!

—Pues... no había pensado en eso.

—Mira, Berta —dice mamá—, tienes que prometerme que no tocarás nunca el horno estando sola. ¿Me lo prometes?

—¡Te lo prometo!

Bueno, hay que comprobar si falta algo. ¿La harina? Está. ¿Los huevos? También. ¿El azúcar? ¡Por supuesto! ¿La mantequilla? Sí. ¡Fantástico! Ahora hay que mezclarlo todo para hacer la masa. Berta podría usar una cuchara, pero se disfruta mucho más trabajando la masa con las manos. Está muy suave y se pega un poquito en los dedos. ¡Es muy divertido, pero también cansado!

Cuando la masa está lista, hay que dejarla en la nevera para que repose. ¡Berta también reposará un rato!
Berta le enseña el libro de recetas a su hermanito. Está lleno de dibujos de pasteles. ¡Ñam, ñam, todo eso abre el apetito!
La próxima vez, Berta intentará hacer una tarta de frutas.
—¿A ti qué te parece, Max? ¿Mejor de fresas o de manzana?

—Ahora —dice mamá—, hay que extender la masa con el rodillo. Debe tener el mismo grosor por todas partes. Vamos, adelante.
Uf, esto también es bastante cansado, y Berta se sube las mangas de la camiseta porque tiene calor.
A Max le gustaría ayudar, pero es demasiado pequeño. Berta sigue extendiendo la masa con el rodillo ¡hasta que es tan grande que casi no cabe en la mesa!

Mamá ha preparado una
bandeja metálica para
el horno, con un papel
especial. Ha llegado
el momento de recortar
la masa con los moldes.
Los hay de muchas formas
distintas: de estrella, de
corazón, de media luna,
de cerdito... ¡y uno precioso
con forma de gato!

Ahora Max sí puede ayudar a su hermana, y a medida que acaban mamá dispone los trozos de masa en la bandeja. Cuando estén todos listos, meterá la bandeja en el horno y sólo tendrán que esperar a que las galletas estén cocidas. Berta está impaciente por ver el resultado... ¡y sobre todo por probar sus primeras galletas!

Las galletas han salido por fin del horno, pero todavía están demasiado calientes. ¡Es una tentación probar una! Pero mamá les ha recomendado esperar a que se hayan enfriado, si no, pueden quemarse. Además, el trabajo no ha terminado. Falta decorarlas.

Berta embadurna con azúcar glaseado unas cuantas y pone fideos de chocolate de todos los colores encima de otras. Max vuelve a ayudarla, pero no le sale tan bien como a ella y lo llena todo de fideos. No pasa nada, ¡Berta y él se pondrán las botas con todo lo que quede sobre la mesa!

¡Por fin ha llegado la hora de merendar! Mamá ha puesto en la mesa un bonito mantel rosa y unas velas.

—¿Sabes qué? —le dice a papá—. ¡Estas galletas las ha hecho Berta!

—¿Ella sola? —pregunta él.

—Casi. ¡Max la ha ayudado un poco!

Papá, que es muy goloso, prueba una galleta en forma de estrella.
Berta espera con impaciencia que le diga si está buena.
—Hummm —dice papá—, ¡son las mejores galletas que he probado
en mi vida!
¡Berta está contentísima!
Entonces, papá añade:
—Están tan buenas que
me las voy a comer
todas, ¿vale?
—¡No! ¡Eso sí que no!
—responde Berta entre risas.

Las galletas de Berta

250 g de harina

125 g de mantequilla

125 g de azúcar

2 huevos

2 sobres de azúcar vainillado

Para la decoración:

azúcar glaseado

fideos de chocolate

cocer 20 minutos
con el horno bien caliente (200°C)

Título original: *Conni lernt backen*

© Carlsen Verlag GmbH, Hamburgo, 2006
www.carlsen.de
Copyright de la edición en castellano © Ediciones Salamandra, 2013

Derechos de traducción negociados a través de
Ute Körner Literary Agent, S.L. Barcelona - www.uklitag.com

Publicaciones y Ediciones Salamandra, S.A.
Almogàvers, 56, 7º 2ª - 08018 Barcelona - Tel. 93 215 11 99
www.salamandra.info

Reservados todos los derechos.

ISBN: 978-84-9838-564-9
Depósito legal: B-23.702-2013

1ª edición, noviembre de 2013 • *Printed in Spain*

Impresión: EGEDSA
Roís de Corella 12-14, Nave I. Sabadell